킹더랜드

킹더랜드 포토에세이

초판 1쇄 인쇄 2023년 12월 11일
초판 1쇄 발행 2023년 12월 21일

지은이 앤피오엔터테인먼트, 바이포엠스튜디오, SLL

편집인 이기웅
책임편집 안희주
편집 주소림, 양수인, 김혜영, 한의진, 이원지, 오윤나, 이현지
기획 북케어
디자인 정유정
책임마케팅 김서연, 김예진, 김지원, 박시온, 류지현, 김소희, 김찬빈, 배성원
마케팅 유인철
경영지원 박혜정, 최성민
제작 제이오

펴낸이 유귀선
펴낸곳 ㈜바이포엠 스튜디오
출판등록 제2020-000145호(2020년 6월 10일)
주소 서울시 강남구 테헤란로 332, 에이치제이타워 20층
이메일 odr@studioodr.com

ISBN 979-11-93358-31-3 (03810)

스튜디오오드리는 ㈜바이포엠 스튜디오의 출판브랜드입니다.

구원 이준호

웃음을 경멸하는 남자 | 킹호텔 신입 본부장
타고난 기품, 차가운 카리스마, 명석한 두뇌, 시크한 매력에 킹그룹의 후계자라는 타이틀까지
가졌다.
모든 걸 다 가졌지만 없는 것은 단 하나, 어느 날 갑자기 사라진 엄마에 대한 해답.
모든 게 풍족하지만 부족한 것도 딱 하나, 연애 세포.

어느 날, 엄마가 사라졌다. 사진 한 장조차 남기지 않고 흔적도 없이. 어린 구원은 울며 엄마를
찾았지만 보모, 가정부, 요리사, 정원사, 기사 등 모든 사람들은 웃는 얼굴로 원이를 대했다.
그때부터였다. 웃는 얼굴이 가장 싫어진 것이.

이제는 엄마 얼굴도 기억나지 않는다. 아버지는 원이가 누나 구화란과 경쟁을 하며 튼튼한 후
계자로 성장하기를 바랐지만 원은 영국에 남아 돌아갈 생각을 하지 않았다.

그러던 어느 날, 발신자 불명의 우편물이 도착했다. 아주 오래전, 킹호텔에 근무하던 엄마의
인사 기록 카드.
누가 보냈을까… 왜 보냈을까…
원이는 모든 불행이 시작된 곳, 킹호텔로 돌아가기로 한다. 직급은 높고 일은 안 할 수 있는 직
책이 뭔지 찾아보다가 본부장을 선택했다.

호텔 도착 첫날부터 이상한 직원을 만났다. 이름이 천사랑이란다.
원이가 가장 싫어하는 가식적인 웃음으로 무장한 사랑은 심지어 성격마저 고분고분하지 않다.
그런데… 언젠가부터 사랑의 웃는 얼굴이 원의 머릿속을 헤집어 놓기 시작한다.

이 헌

킹더랜드를 사랑해 주셔서 감사합니다
늘 사랑과 구원이 가득하세요

천사랑 임윤아

웃기 싫은 스마일퀸 | 킹호텔 우수 호텔리어

한 달짜리 실습생으로 킹호텔에 처음 입성한 사랑은 로비 데스크를 거쳐 모든 호텔리어의 꿈인 VVIP 라운지 '킹더랜드'까지, 어느덧 7년째 살아남는 중이다.

엄마와 처음이자 마지막으로 놀러 갔던 바닷가 호텔. 어린 사랑에게 그곳은 꿈의 궁전이었고 가장 행복했던 시간이었다. 사랑은 그래서 호텔을 선택했다. 자기가 느꼈던 그 하루를 다른 사람에게 선물하는 호텔리어가 되고 싶었고, 딱 한 번만이라도 킹호텔에서 일하고 싶었다.

다들 2년제 대학 출신인 사랑이 금방 잘릴 것을 예상했지만 싱그러운 미소와 뛰어난 능력으로 재작년에는 킹호텔 우수사원이 되었고,
작년에는 친절사원으로 뽑혔으며, 올해는 호텔의 얼굴이라는 직원 홍보모델이 되었다.
그러다 구원을 만난다. 무려 킹호텔 본부장님이시자 장차 킹그룹 후계자가 되실 분이란다. 실습 첫날부터 악연이었던 원이와는 취임 첫날에도 악연으로 얽힌다.

사랑은 신분 상승 욕망이 없다. 호텔리어로서 자기 일을 사랑하고 열심히 잘 해내고 싶을 뿐이다. 그런 사랑이었으니 원이에게도 고분고분할 리가.
그가 뾰족하게 다가오면 사랑도 똑같이 뾰족뾰족 대해줬다. 세찬 파도가 거진 놀을 만나듯 둘은 매번 달그닥달그닥 시끄러웠다. 둘은 출신만큼이나 생각도 달랐다. 하지만 부딪치면 부딪칠수록 둘은 서로에게 동글동글해지는데…
아무것도 바라지 않았던 사랑에게 처음으로, 갖고 싶은 사람이 생긴다.

윤아

킹더랜드와 함께한 시간
여행숙지으로 오래 기억해주세요
사랑해주셔서 감사합니다

오평화 고원희

요령 빼고 다 가진 승무원
맡은 바 임무에 최선을 다할 뿐 편법도 꼼수도 모른다. 높이 올라가고 싶
지만 방법을 모르는 곰이다. 지렁이도 밟으면 꿈틀한다는데, 어차피 밟힌
거 꿈틀하면 뭐 하나 싶어 조직에 순종했다. 그저 열심히, 착실하게, '미련
곰팅이'처럼 성실하게만 살았다.

아름다운 비행을 꿈꾸며 킹그룹 계열사인 킹에어에 입사했다. 정말 열심
히 비행을 했는데 어느덧 동기들은 모두 진급해 사무장이 되었고 자기만
혼자 평승무원으로 남아 있다.
이렇게 위아래로 계속 짓눌리다 맷돌에 갈리는 콩처럼 흔적도 없이 사라
질 것 같다. 이번에야말로 승진 누락자 꼬리표를 떼고 꼭 사무장이 되리
라! 반드시 L1(사무장 좌석 번호)에서 똥칠할 때까지 살리라!!

처음에는 비행이 좋아서 했다. 이제는 무엇을 좋아했는지, 왜 일을 하는지
조차 까먹었다. 영원한 단짝친구 사랑과 다을, 그리고 후배 승무원 로운이
없었다면 시들어 말라버린 꽃처럼 바사삭 부서졌을 것이다.
다시 자신을 돌아보는 평화. 내가 보는 나는 사랑하고 싶은 여자, 그저 비
행이 즐거운 승무원이다. 다른 사람이 날 어떻게 보든 상관없다.

노상식 안세하

원이 친구이자 비서
원과 함께 인턴 생활을 하다가 우연히 친구가 되었다. 그 인연으로 느닷없
이 정직원이 되더니 원이를 따라 유학도 함께 갔다가 귀국도 함께, 그리고
지금은 친구이자 비서가 되었다.
눈치는 엄청 빠르나 원이에게만 눈치가 없고, 상황판단이 빠르지만 유독
원이 비위는 못 맞춘다. 그리고 가장 큰 단점, 마음에 없는 말은 죽어도 못
한다.
그래서 원은 상식을 믿는다.

강다을 김가은

내 사람은 내가 지킨다, 슈퍼우먼.
가장 해로운 해충은 대충! 열정 만수르라 불리는 다을에게 뭐든 대충이란
없다. 하고 싶은 일이 너무 많아 결혼도 하지 않겠다고 했지만,
별도 달도 다 따줄 것처럼 말하는 충재에게 속아 친구들 중 가장 먼저 결
혼을 했다.

결혼을 해도 열정은 넘쳤다. 킹그룹 계열사인 면세점 '알랑가'에서는 매출
왕, 팀원들에게는 멋진 팀장, 남편에게는 내조의 여왕, 시어머니에겐 착한
며느리, 딸에게는 최고의 엄마로 살자니 24시간이 모자랐다.
내가 이룬 가정, 일, 팀원들 어느 것 하나 포기할 수 없다. 내 울타리에 들
어온 사람들은 내가 지킨다. 내가 기꺼이 방패가 되어주리니.

매번 직원들 편에 서느라 실속은 하나도 챙기지 못했다. 회사도 시어머니
도 해달라는 걸 다 해줄수록 요구사항은 점점 늘어갔다. 다을이는 소중한
내 사람들을 지키기 위해 이름처럼 다 '을'로 살았다. 그럴수록 주변 사람
들은 다을이 손해 보는 걸 당연하게 여겼다. 어느덧 다을은 누가 챙겨주지
않아도 혼자 잘하는 사람으로 여겼고 또 모든 걸 잘 해내야만 하는 사람이
되었다.

그때야 알았다. 내가 챙겨야 할 가장 중요한 사람은 '나'라는 걸.

이로운 김재원

킹에어 승무원
훈훈한 외모로 사내 여직원들의 대시가 끊이지 않는다. 항상 팀을 위해 궂
은일도 마다치 않고 솔선수범하는 평화의 모습에 호감을 느낀다.
로운의 눈길은 항상 평화에게 머물러 있다. 평화가 좌절하고 방황할 때마
다 로운은 잊지 않게 얘기를 해준다.
"선배가 되고 싶은 건 사무장이지만, 하고 싶은 건 아름다운 비행 아니었
어요? 지금도 충분히 멋져요. 저는 꼭 선배 같은 좋은 승무원이 될 거예
요."
비행의 목적을 잃은 평화에게 로운은 늘 나침반이 되어준다.

구일훈 손병호

킹그룹 회장님

첫 번째 부인은 딸 화란을 낳고 사망했다. 뒤늦게 회사 직원이었던 한미소와 재혼했고 아들 원이를 가졌다. 하지만 한미소는 지금 행방불명 상태. 자신 같은 사람이 최후에 지켜야 하는 것은 사랑이 아닌 가업이라 여긴다. 형제들과의 싸움에서 이겨 모든 경영권을 물려받았고 이제는 딸 화란과 아들 원을 경쟁시켜 후계 구도를 완성해야 한다. 화란이야 야무져서 걱정 없지만 원이는 다르다. 아들이 엄마 같은 사람이 될까, 혹시 엄마 같은 여자를 만날까 늘 걱정이다.

원이 자기와 같은 아픔을 되풀이하지 않기를 바란다.

구화란 김선영

킹그룹 장녀

원의 누나. 킹호텔 상무이자 킹에어 상무, 킹패션 알랑가 부사장까지 겸임하고 있다. '손님이 왕'이던 시절은 지났다. '매출이 왕이다'라는 경영 철학을 가지고 있다.

엄마가 죽고 몇 년 후, 새엄마가 들어와 아들 원이를 낳았다.

아직 어렸지만 화란은 위기의식을 가졌다. 그러던 중 새엄마 미소가 사라졌다. 사라지려면 원이까지 데리고 사라질 것이지… 하지만 혼자 남은 원이 바람 빠진 풍선처럼 쪼그라드는 것도 재미가 있었다.

모든 면에서 자신감 넘치고 당당했던 화란은 천재 교수 윤 박사와 결혼하고 아들 지후를 낳았다. 남편은 공부를 더 하겠다고 유학을 갔지만 화란은 가정보다 회사가 중요했다. 화란에게 가족은 액세서리일 뿐이다.

그런 와중에 원이가 귀국했다. 아버지는 경쟁을 통해 능력 있는 자식에게 그룹을 물려주겠다 했지만, 원 따위는 경쟁 상대가 아니었는데…

원이는 생각과 달리 쉽게 물러서지도, 지지도 않았다. 화란은 오랜 시간 쌓아온 두려움과 맞서야 한다. 늘 해왔던 것처럼 악다구니를 쓰며 밀어낼지, 아니면 인정하고 받아들일지.

차순희 김영옥

멋진 할머니

사랑에게 남은 유일한 가족이자 이 세상 가장 소중한 존재이다.

시골 시장 골목에서 '30년 전통 원조 가마솥 소머리국밥'을 운영하고 있다. 입은 거칠지만 마음은 따뜻하고 포근하다.

킹에어

오평화
킹에어 승무원

이로운
평화의 후배 승무원

킹그룹

구화란
킹호텔 산무
구의 이복누나

구일훈
킹그룹 회장
원의 아버지

한미소
원의 어머니

알랑가 면세점

강다을
알랑가 팀장

도라희
알랑가 슈퍼바이저

서충재
다을의 남편

서초롱
다을의 딸

윤교수
화란의 남편

윤지우
화란의 아들

킹호텔

킹더랜드

노상식
원의 전수이자 비서

구원
킹더랜드 본부장

매정

천사랑
킹더랜드 호텔리어

차순희

김수미
킹호텔 지배인

전민서
킹더랜드 지배인

하나
킹더랜드 직원

두리
킹더랜드 직원

세호
킹더랜드 직원

안녕하십니까. 511번 천사랑입니다.

시키는 대로만 하라고 해서 지시를 따른 것뿐인데
결과가 잘못됐으면 시킨 사람 잘못 아닌가요?

또 마주쳤네.

무슨 전쟁터를 친절한 사람이랑 가나?
잘 싸우는 사람이랑 가야지.

사람 다 똑같지
함부로 해도 되는 사람,
안 되는 사람이 어딨어요?
사람은 다 함부로 대하면 안 되지.

딱 한 번 망설인 게,
그냥 돌아서 버린 그날이
날 지옥으로 끌고 갔어.

좋아는 하는데 고백은 못 하고,
관심은 끌고 싶은데 방법은 모르겠고,
그러니까 괜히 심술부리고 괴롭히고.
딱 초딩들이 그러거든요.

나 이렇게 행복해도 돼?
아니. 더 행복해야지. 이거 갖고 되겠어?

초라한 날이지만
마무리라도 달콤하게 해.

세상에서 제일 힘든 게
딱 한 명을 구하는 일이야.

썩을 놈…
싸가지는 있구만.

기러기는 100년을 넘게 살면서 한 번 결혼한 짝을 절대로 바꾸지 않습니다.

영원한 사랑의 약속을 지키는 상징이죠.

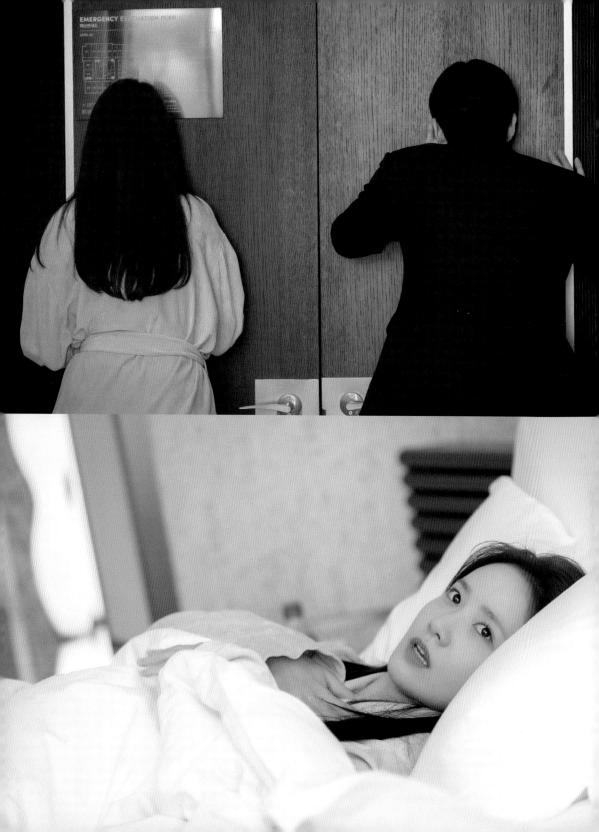

우리 비록 쭈구리들이지만 나쁜 짓까지 하지는 말자.
안 그래도 여기저기 눈치 보며 사느라 피곤한데
나한테까지 떳떳하지 못하면 어떡해?

혹시 내가 또 잘못하면 마음껏 토라져도 돼.
내가 다 풀어줄게.

항상 이렇게 있을게.
눈 돌리면 보이는 곳에,
손 뻗으면 닿는 곳에.

좋아하는 사람이 좋아하는 게
제일 좋으니까.

여기서 같이 살까?
꿈같은 얘기네요.
그럼 꿈처럼 살지 뭐.

보고 싶었어.
우리 하루 종일 같이 있었는데?
뒷모습 말고 앞모습.
사랑스러운 이 얼굴이 너무 그리웠어.

전부 사실대로 말할게요. 저는 회장님 숨겨둔 아들이 아닙니다.
당연히 그렇겠죠. 예를 들어 하는 말이에요.
그냥 아들입니다.

마음에 길이 있으면 어디든 닿을 수 있대.

1번인 게 그렇게 좋아?
그럼. 누구도 넘볼 수 없는 독보적인 1번, 그게 바로 나야.
그게 뭐라고 그렇게 뿌듯한 얼굴로.
그게 뭐라니! 내가 가지고 있는 타이틀 중에 최고인데.

이 와중에 내 걱정한 거야?
당연하지. 제일 사랑하는 사람인데.

너무 힘든 날도 있을 거야.
혼자 감당하기엔 버거운 날도 있을 거고,
그럴 땐 아무 생각 말고 불러.
전속력으로 달려갈게.

살다 보면 쨍한 날도 있고, 흐린 날도 있고
미친 듯이 폭우가 쏟아지는 날도 있잖아요.
내리는 비의 양만 다를 뿐이지 누구에게나 비는 내려요.
그래도 언젠가 비는 그치잖아요.
제가 우산이 되어줄게요. 그래도 되죠?

고마워. 마음 받아줘서.

고마워. 나한테 와줘서.

함께해 주실래요?

함께할게요. 언제까지나.